OUBLIER
PRINCE CHARMANT
INCERTITUDE
SEPARATION
CÉLIBATAIRE
INTERNET
JALOUSIE
RENDEZ-VOUS
SAINT VALENTIN
QUOTIDIEN
ROUGIR
JE T'AIME
LETTRE D'AMOUR
LETTRE D'AMOUR
MOTS DOUX
ROMANTIQUE
AIMER
AIMER
CONFIDENT
DRAGUER
CŒUR D'ARTICHAUT
COUP DE FOUDRE
FOUDRE
SMS
COUPLE
COUPLE
BONHEUR

GOUPIL - DOUYÉ - DENTIBLÙ

GIRLZ

L'Amour de A à Z

JUNGLE

Scénario : Goupil - Douyé
Dessin : Stefano Bonfanti
Couleurs : Barbara Barbieri

ISBN : 978-2-874-42551-6

Deuxième édition - février 2010

Achevé d'imprimer en janvier 2010 en France par Pollina - L52482. Dépôt légal : Mai 2008; D.2008/0053/354

AIMER

L'AMOUR C'EST SUPER COMPLIQUÉ
JULIE, TU CROIS QU'IL M'AIME ?
JEANNE, TU VEUX PAS PLUTÔT QU'ON FASSE NOS EXERCICES D'ALGÈBRE ? C'EST PLUS SIMPLE...
COMMENT LE SAVOIR ?
IL T'ENVOIE DOUZE TEXTOS PAR JOUR
JULIE, C'EST LA CATA, AUJOURD'HUI, IL NE M'EN A ENVOYÉ QUE ONZE !
IL ÉCRIT TON NOM PARTOUT
J'EN SUIS PAS SÛRE, MAIS JE CROIS QU'IL PENSE À TOI...
IL TROUVE TOUT CE QUE TU DIS SUPER PASSIONNANT
HIER SOIR J'AI SORTI LES POUBELLES.
C'EST GÉNIAAAAL !
IL CARESSE TA MAIN QUAND IL T'EMPRUNTE TA GOMME
QU'EST-CE QUI T'ARRIVE, JEANNE, T'AS UN TORTICOLIS ?
IL VIENT CHANTER DES CHANSONS SOUS TES FENÊTRES
JE L'AIME À MOURIR JE L'AIME À MOURIR
JEANNE ! TU VAS LUI DIRE DE SE TAIRE, J'AI PAS ENVIE QU'IL PLEUVE DEMAIN !
ALORS QU'EST-CE QUE TU EN PENSES, JULIE ?
TU VEUX MON AVIS ? IL NE T'AIME PAS...
AH BON ?
IL EST DINGUE DE TOI !!!

AIMER À DISTANCE

ALLUMEUSE

UNE ALLUMEUSE, C'EST UNE FILLE QUI AIME SE FAIRE REMARQUER
DIS-MOI, JULIE, COMME ÇA, JE FAIS ALLUMEUSE ?
PAS DU TOUT...
TU FAIS PLUTÔT ALLUMÉE !
UNE ALLUMEUSE VEUT PLAIRE À TOUS LES GARÇONS
QU'EST-CE QUI NE VA PAS, JEANNE ?
LE MEC QUI PASSE LÀ-BAS, IL NE M'A MÊME PAS REGARDÉE !
UNE ALLUMEUSE VEUT QU'ON L'ADMIRE
DATE DE LA BATAILLE DE MARIGNAN ?
COMMENT VOUS LE TROUVEZ, MON PETIT ENSEMBLE ? IL ME VA BIEN, NON ?
TRÈS BIEN, JULIE !
UNE ALLUMEUSE SE PERMET DES CHOSES QUE TU NE TE PERMETS PAS
T'AS PAS HONTE DE TE PROMENER HABILLÉE COMME ÇA ?
AAARGL, POURQUOI J'AI PAS OSÉ LE FAIRE !
UNE ALLUMEUSE, NE SAIT PAS ÉTEINDRE LES FEUX QU'ELLE DÉCLENCHE
JEANNE, JE BRÛLE D'AMOUR POUR TOI !
SI TU SAIS PAS QUOI FAIRE COMME MÉTIER, JE TE CONSEILLE POMPIER !
UNE ALLUMEUSE, ÇA PROMET MONTS ET MERVEILLES
TU VIENS CHEZ MOI CE WEEK-END ?
WAOH ! UN PEU QUE JE VIENS, OUAIS !
DAVID, MERCI D'AVOIR ACCEPTÉ DE GARDER LA MAISON. BIZ JEANNE.
PS: N'AIE PAS PEUR DU CHIEN, SI TU LUI DONNES SUFFISAMMENT À MANGER, IL NE MORDRA PAS.
C'EST POUR ÇA QU'UNE ALLUMEUSE, C'EST ÉNERVANT !

AMOUR

L'AMOUR AVEC UN GRAND A, C'EST UN RÊVE
ALLONS DANS LA PRAIRIE
MANGER DES CONFETTIS
OU COURIR DANS LA NUIT
UN OISEAU POUR AMI
RIRA DE TA FOLIE
ÇA NE VEUT RIEN DIRE, CE POÈME, JULIE !
PARCE QUE VOUS N'ÊTES PAS UN RÊVEUR, PROFESSEUR...
C'EST COMME AU CINÉMA... EN MIEUX
SI J'ÉTAIS PRODUCTEUR DE FILMS, JE FERAIS DE TOI UNE NOUVELLE JULIA ROBERTS...
SI TU COMMENÇAIS PAR ME DONNER 20 MILLIONS DE DOLLARS ?
LE GRAND AMOUR, ÇA FAIT POUSSER DES AILES
QUAND TU M'AS DIT QUE DEPUIS QUE TU ÉTAIS AMOUREUSE, TU TE SENTAIS VOLER, JE NE VOYAIS PAS ÇA COMME ÇA...
L'AMOUR ÇA RIME AVEC TOUJOURS
ÇA RIME AUSSI AVEC BONJOUR, LABOUR ET PETITS FOURS...
C'EST PAS LA PEINE D'EN FAIRE UN DISCOURS !
PAR AMOUR, ON EST PRÊT À TOUT
TU NE VAS PAS FAIRE ÇA ?
JE VAIS ME GÊNER ! SI LE PROF VA À L'HÔPITAL, ON N'A PLUS DE COURS DE SVT, DONC ON VA EN ÉTUDE, DONC JE VAIS RETROUVER LUDOVIC !
L'AMOUR, C'EST EXTRAORDINAIRE
C'EST BEAU, HEIN ?
CHÉRIE, VITE, VIENS VOIR ! DES EXTRA-TERRESTRES SONT PASSÉS DANS LE JARDIN !

AMOUREUSE

SI TU PENSES TOUT LE TEMPS À LUI
TU NE CROIS PAS QUE TU T'ES TROMPÉE QUELQUE PART ?
OUPS ! VOUS AVEZ RAISON, J'AI OUBLIÉ SON GRAIN DE BEAUTÉ !
SI TU AS TOUT LE TEMPS ENVIE D'ÊTRE AVEC LUI
TU PEUX ARRÊTER DE M'APPELER JEAN-BA S'IL TE PLAÎT ?
OH PARDON, EXCUSE-MOI, JEAN-BA !
SI TU TE SENS SUPER BIEN DÈS QU'IL EST PRÈS DE TOI
ENCORE ZÉRO, JEANNE ! TU LE FAIS EXPRÈS, OU QUOI ?
TRÈS NUL
IL FAUT ME PUNIR, MONSIEUR. DONNEZ-MOI TROIS HEURES DE COLLE SAMEDI AVEC VOUS !
SI TU ES TROUBLÉE DÈS QU'IL TE REGARDE
WAHOU, SUPER TA ROBE ! ASSORTIE À TON VISAGE, ÇA FAIT CHOUETTE !
GRRR !
HEUREUSEMENT QUE TU T'ES PAS HABILLÉE EN BLEU, T'AURAIS EU L'AIR D'UNE SCHTROUMPFETTE !
SI TON CŒUR BAT TRÈS TRÈS FORT DÈS QUE TU LE VOIS
BOM BOM BOM BOM BOM BOM
C'EST GRAVE DOCTEUR ?
NE CHERCHE PLUS, LE DIAGNOSTIC EST SANS APPEL
NON, VOUS ÊTES AMOUREUSE, TOUT SIMPLEMENT !
WAHOUU, VOUS ÊTES TROP FORT !

BONHEUR

IL PLEUT, TU N'AS PAS RÉVISÉ TON CONTRÔLE DE MATHS, TON PÈRE A (ENCORE) RÂLÉ POUR QUE TU RANGES TA CHAMBRE ET POURTANT...
LA LA LA LA
... TU RAYONNES DE BONHEUR !
RACONTE AU LIEU DE CHANTER !
C'EST QUOI, LE BONHEUR ?
TU VERRAIS COMME IL EST GRAND, COMME IL EST BEAU, COMME IL EST FORT !
C'EST QUAND TU VOIS LA VIE EN ROSE !
C'EST SUPERMAN ? TU LUI DIRAS DE VENIR RANGER MA CHAMBRE !
TU SAIS CE QU'IL M'A DIT ? "TES YEUX SONT COMME UN LAC DANS LEQUEL JE VOUDRAIS ME NOYER..." C'EST BEAU, NON ?
C'EST QUAND TU ENTENDS DE LA MUSIQUE !
C'EST UN POÈTE ? OH LÀ LÀ, IL VA TE PARLER PENDANT TROIS HEURES... T'ES PAS COUCHÉE, MA VIEILLE !
JE LE RETROUVE À 15 H, ON VA ALLER SE BAIGNER DANS UN BEAU LAGON BLEU...
C'EST QUAND TU RÊVES TOUT ÉVEILLÉE !
UN BEAU LAGON BLEU QUI SENT L'EAU DE JAVEL ET LE CHLORE ? LA PISCINE QUOI !
JE VAIS LE PRENDRE EN PHOTO COMME ÇA JE POURRAI LE REGARDER JOUR ET NUIT...
C'EST QUAND TU TE SENS TOUTE CHOSE !
GUMBY
SI TU FAIS DES CAUCHEMARS, COMPTE PAS SUR MOI POUR TE CONSOLER !
LUI ET MOI, JE SUIS SÛRE QUE C'EST POUR LA VIE.
C'EST QUAND TU ES SUR UN PETIT NUAGE !
POUR LA VIE ? C'EST ÇA LE BONHEUR ? OH LÀ LÀ, J'AURAI JAMAIS LE COURAGE, MOI !

CADEAUX
QUAND ON EST AMOUREUX, ON AIME BIEN LES CADEAUX...
J'AI PAS ENVIE DE SORTIR AVEC LUI, MAIS J'AIMERAIS BIEN QU'IL M'ACHÈTE CE JOLI PETIT SAC GRIS QU'ON A VU HIER, TU CROIS QUE C'EST POSSIBLE ?
JE SAIS PAS... IL Y A ÉCRIT "BONNE POIRE" SUR SON FRONT ?...
LES CADEAUX QU'ON REÇOIT
NON MAIS DITES DONC, JULIE, ÇA VOUS ARRIVE SOUVENT DE VOUS FAIRE LIVRER DES FLEURS PENDANT LES COURS ?
EUH, NON, NON, MONSIEUR, C'EST POUR LE COURS DE SVT... ON VA FAIRE BOTANIQUE...
ET LES CADEAUX QU'ON OFFRE
OH, C'EST GENTIL, QU'EST-CE QUE C'EST ?
MON DEVOIR D'ANGLAIS, SI TU POUVAIS ME LE FAIRE POUR DEMAIN, TU SERAIS CHOU !
ON DIT QUE LES PETITS CADEAUX ENTRETIENNENT L'AMITIÉ
JE PRÉFÉRERAIS DES GROS CADEAUX QUI ENTRETIENNENT L'AMOUR !
PEU IMPORTE CE QU'ON OFFRE, C'EST L'INTENTION QUI COMPTE
DU DÉODORANT ET DU SAVON, QUELLE DRÔLE D'IDÉE ! C'EST POUR QUOI FAIRE ?
ON PEUT OFFRIR LA MOINDRE PETITE CHOSE
TROIS HEURES DE RETARD, TOI, T'ES VRAIMENT PAS UN CADEAU !
LES CADEAUX, C'EST POUR FAIRE PLAISIR
JE SUIS TELLEMENT GENTILLE, TELLEMENT SYMPA, JE MÉRITE BIEN ÇA...

Célibataire

CHAGRIN D'AMOUR

Cœur d'artichaut

CONFIDENT

UN CONFIDENT, C'EST QUELQU'UN À QUI ON PEUT TOUT RACONTER
IL M'A PRÊTÉ SON DICO ET IL AVAIT DESSINÉ DES PETITS CŒURS SUR TOUTES LES PAGES...
C'EST TROP MIGNON...
MÊME LES CHOSES LES PLUS INTIMES
... SA BOUCHE ÉTAIT DOUCE, SES LÈVRES ÉTAIENT SUCRÉES, SA LANGUE COMME DU VELOURS...
RACONTE ENCORE, JE RÊVE...
UN CONFIDENT TE COMPREND QUOI QU'IL ARRIVE
'SCUSE-MOI, J'ÉTAIS AVEC LUI ET J'AI PAS VU LE TEMPS PASSER...
C'EST PAS GRAVE MA CHÉRIE, C'EST NORMAL, C'EST ÇA L'AMOUR.
IL T'AIDE ET TE SOUTIENT EN TOUTES CIRCONSTANCES
NON MAIS, ÇA VA PAS, JULIE ! QU'EST-CE QUE C'EST QUE CES GRIBOUILLIS ?
MONSIEUR, C'EST VOUS QUI NOUS AVEZ DIT DE DÉCORER LA CLASSE ! VOUS PERDEZ LA TÊTE OU QUOI ?
ET NE RÉPÈTE JAMAIS CE QUE TU LUI CONFIES
JULIE AVEC UN GARÇON ?
NON, JE NE SUIS PAS AU COURANT, VOUS DEVEZ VOUS TROMPER...
UN CONFIDENT ÇA PEUT ÊTRE N'IMPORTE QUI
JULIE, VIENS, IL FAUT QUE JE TE DISE QUELQUE CHOSE...
MOI AUSSI !
EN TOUS CAS, C'EST UN AMI. UN VRAI
C'EST TOI MON CONFIDENT !
NON C'EST TOI !

Coup de foudre

Couple

UN COUPLE C'EST DEUX PERSONNES QUI S'AIMENT ET QUI PARTAGENT TOUT
J'AI UN EURO, TU AS 20 EUROS, ÇA NOUS FAIT 10,50 EUROS CHACUN !
JE SAIS PAS SI C'EST TELLEMENT INTÉRESSANT D'ÊTRE EN COUPLE...
QUAND TU ES AVEC TON COPAIN, TU ES EN COUPLE
ET QUAND ON N'A PAS DE COPAIN, COMMENT ON S'APPELLE ?
UN DEMI-COUPLE.
IL Y A DES COUPLES QUI RESTENT ENSEMBLE TOUTE LEUR VIE
EH BEN, ÇA DONNE PAS ENVIE !
Le Miroir de l'Avenir
LE COUPLE, C'EST RASSURANT
N'AIE PAS PEUR, CE N'EST QU'UNE ARANEUS DIADEMATUS, ÇA VA PAS TE MANGER...
LE COUPLE, C'EST CONSTRUCTIF
TU FAIS LES MATHS, JE FAIS LE FRANÇAIS.
POUR LA SVT, ON POURRAIT PAS DEMANDER À JEANNE ?
AH NON, PAS DE MÉNAGE À TROIS !
MAIS BON, HEIN, POUR LE COUPLE, TU AS ENCORE LE TEMPS
LE TEMPS, LE TEMPS, JE N'EN AI PAS TANT QUE ÇA ! SI JE VEUX QUE JOHNNY DEPP S'INTÉRESSE À MOI, FAUT QUE JE ME DÉPÊCHE, SINON IL VA ÊTRE TROP VIEUX !
VANESSA, T'ES FICHUE !

Déclaration d'amour

DÉSIR

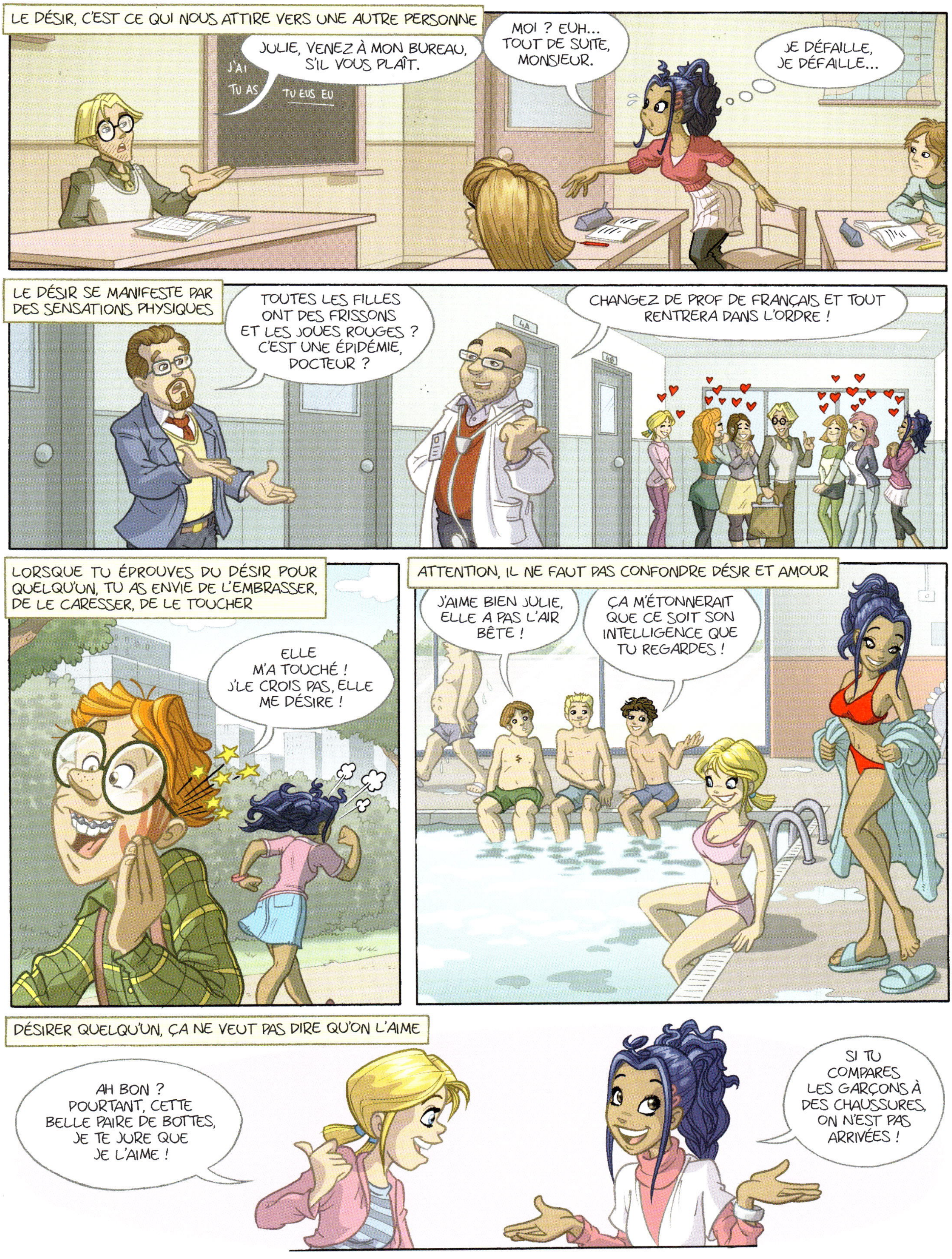

LE DÉSIR, C'EST CE QUI NOUS ATTIRE VERS UNE AUTRE PERSONNE
J'AI
TU AS
TU EUS EU
JULIE, VENEZ À MON BUREAU, S'IL VOUS PLAÎT.
MOI ? EUH... TOUT DE SUITE, MONSIEUR.
JE DÉFAILLE, JE DÉFAILLE...
LE DÉSIR SE MANIFESTE PAR DES SENSATIONS PHYSIQUES
TOUTES LES FILLES ONT DES FRISSONS ET LES JOUES ROUGES ? C'EST UNE ÉPIDÉMIE, DOCTEUR ?
4A
4B
CHANGEZ DE PROF DE FRANÇAIS ET TOUT RENTRERA DANS L'ORDRE !
LORSQUE TU ÉPROUVES DU DÉSIR POUR QUELQU'UN, TU AS ENVIE DE L'EMBRASSER, DE LE CARESSER, DE LE TOUCHER
ELLE M'A TOUCHÉ ! J'LE CROIS PAS, ELLE ME DÉSIRE !
ATTENTION, IL NE FAUT PAS CONFONDRE DÉSIR ET AMOUR
J'AIME BIEN JULIE, ELLE A PAS L'AIR BÊTE !
ÇA M'ÉTONNERAIT QUE CE SOIT SON INTELLIGENCE QUE TU REGARDES !
DÉSIRER QUELQU'UN, ÇA NE VEUT PAS DIRE QU'ON L'AIME
AH BON ? POURTANT, CETTE BELLE PAIRE DE BOTTES, JE TE JURE QUE JE L'AIME !
SI TU COMPARES LES GARÇONS À DES CHAUSSURES, ON N'EST PAS ARRIVÉES !

DRAGUER

POUR DRAGUER, TU AS UN GRAND CHOIX DE TECHNIQUES
JE LE FAIS MARINER OU JE LE MANGE TOUT CRU ?
CHAUFFE-LE AVANT DE LE CROQUER, ÇA SERA MEILLEUR !
VOUS PARLEZ DE QUOI ? VOUS ME DONNEZ FAIM !
TU PEUX ESSAYER DE LIER CONNAISSANCE
NOM ? PRÉNOM ? ÂGE ? ADRESSE ? QUALITÉS ? DÉFAUTS ? PLATS PRÉFÉRÉS ? ANIMAL FÉTICHE ? MARQUE DE TES SOUS-VÊTEMENTS ?
TU ME LÂCHES, OUI ?
TUME LACHOUI ? C'EST PAS TERRIBLE, COMME NOM ! C'EST DE QUELLE ORIGINE ?
TU PEUX TENTER LE REGARD DE BRAISE
À TROIS JE RETIRE MES LUNETTES !
FAIS GAFFE DE NE PAS METTRE LE FEU !
TU PEUX EXPÉRIMENTER LE SOURIRE ÉCLATANT
... EUH... JULIE, JE VOULAIS TE DIRE...
OUI, JEAN-BA ?
... TU AS UN BOUT DE SALADE COINCÉ DANS LES DENTS !
ENCORE PLUS SUBTIL, TU PEUX DRAGUER SANS EN AVOIR L'AIR
POURQUOI TU M'AS AMENÉ ICI ? TU VEUX DANSER UN SLOW AVEC MOI ?
OH, JEAN-BA, QUELLE BONNE IDÉE ! T'ES FORMIDABLE, JE N'Y AURAIS JAMAIS PENSÉ !
ET SI TU NE VEUX PAS TE FAIRE DRAGUER, FAIS-LE COMPRENDRE SUBTILEMENT !
C'EST QUOI, CE NOUVEAU LOOK ?
LE PLAN ANTI-DRAGUEUR, TU CONNAIS PAS ?
TRÈS IMPORTANT : APPRENDS À JETER LES GARÇONS AVEC TACT
DÉSOLÉE, JE NE SUIS PAS LIBRE CE WEEK-END, JE ME MARIE !

FIDÉLITÉ

EN AMITIÉ, TU PEUX ÊTRE FIDÈLE ET AVOIR PLEIN D'AMIS
VOICI LA LISTE DES GENS QUE J'INVITE POUR MON ANNIV' !
TOUT ÇA ?!! MAIS T'AS COMBIEN D'AMIS, TOI ?
EN AMOUR, TU NE PEUX PAS ÊTRE À LA FOIS FIDÈLE ET AVOIR PLEIN D'AMOUREUX
T'ES BÊTE ! CE NE SONT PAS MES AMIS, CE SONT MES AMOUREUX !!!
GLPS !
TEST : ES-TU FIDÈLE ?
OUI
NON
ENTOURE LA RÉPONSE DE TON CHOIX
TU AS UNE MAJORITÉ DE OUI : BRAVO, TU ES FIDÈLE ! MAJORITÉ DE NON : ATTENTION, NE LAISSE PAS TON PETIT AMI LIRE CETTE PAGE !
POURQUOI FAUT-IL ÊTRE FIDÈLE EN AMOUR ?
LA QUESTION NE SE POSE MÊME PAS ! OK ?
MAIS BIEN SÛR JULIE... TOUT À FAIT JULIE... ENTIÈREMENT D'ACCORD AVEC TOI JULIE...
GLUPS !
SI ON REGARDE UN AUTRE GARÇON EST-CE QU'ON EST INFIDÈLE ?
UNE BONNE PAIRE DE LUNETTES NOIRES ET PERSONNE NE SAIT QUE TU MATES ! PAS BÊTE, HEIN ?
FAIS ATTENTION OÙ TU MARCHES, SI TU VEUX PAS AVOIR L'AIR BÊTE !
COMMENT ANNONCER QUE TU EN AIMES UN AUTRE ?
C'EST QUOI CETTE TENUE ?
EUH... J'AI UN TRUC À TE DIRE...
COMMENT DIRE LA VÉRITÉ ?
MOI LA VÉRITÉ, JE NE LA DIS PAS, JE LA MONTRE !
AAAAAARGHL !

French Kiss

LE FRENCH KISS, C'EST LE VRAI BAISER DES AMOUREUX
T'AS VU L'ARTICLE POUR APPRENDRE À ROULER UNE PELLE ?
VAS-Y, LIS-LE, JE VAIS M'ENTRAÎNER AVEC VALENTIN !
POUR RÉUSSIR UN FRENCH KISS ÉTINCELANT, IL FAUT SE LAVER LES DENTS
JE SUIS PRÊTE !
POSER SA BOUCHE SUR CELLE DE SON PARTENAIRE
LAISSE-TOI FAIRE MON CHÉRI, TU VERRAS, C'EST TRÈS AGRÉABLE...
OUVRIR LA BOUCHE
COMMENT ON FAIT QUAND IL VEUT PAS L'OUVRIR ?
ENSUITE TU INTRODUIS PROGRESSIVEMENT TA LANGUE DANS SA BOUCHE (PAS TROP) JUSQU'À CE QUE TU PUISSES CARESSER SA LANGUE AVEC LA TIENNE
MAIS JE TE DIS QU'IL VEUT PAS OUVRIR LA BOUCHE TON VALENTIN !
À SAVOIR : POUR LA PREMIÈRE FOIS, ÉVITE DE FAIRE ÇA EN PUBLIC, C'EST MOINS STRESSANT
ÇA SERAIT PEUT-ÊTRE PLUS FACILE AVEC SI TU T'ENTRAÎNAIS AVEC UN VRAI GARÇON !
MAIS NON, C'EST TOI QUI NOUS TROUBLES !

GARÇON

LES GARÇONS SONT TRÈS TRÈS DIFFÉRENTS DES FILLES. ET PAS SEULEMENT PHYSIQUEMENT
SURTOUT QU'ON N'EST PAS SI DIFFÉRENTS QUE ÇA, PAS VRAI AURÉLIE ?
COMME TU DIS, ROMAIN !
LES GARÇONS SONT MOINS POÈTES QUE LES FILLES
SI ON ALLAIT S'ASSEOIR AU CLAIR DE LUNE ?
J'LA CONNAIS PAS CETTE BOÎTE, C'EST OÙ ?
LES GARÇONS SONT MOINS COMPLIQUÉS QUE LES FILLES
J'AI UN PROBLÈME AVEC MA GRAND-MÈRE, ENFIN C'EST MA MÈRE QUI M'A DEMANDÉ D'EN PARLER AVEC MON ONCLE, POUR L'HISTOIRE DE SAMEDI, 'Y A UN CHANGEMENT, ENFIN...
BREF, TU VIENS PAS ?
LES GARÇONS AIMENT FRIMER
TU SAIS QUE JULIE EST AMOUREUSE DE TOI ?
ELLE AUSSI ? MAIS QU'EST-CE QU'ELLES ONT TOUTES APRÈS MOI ?
OH LÀ LÀ, QU'EST-CE QUE C'EST COMPLIQUÉ D'ÊTRE BEAU GOSSE !
LES GARÇONS AIMENT LA COMPÉTITION
ELLE MESURE COMBIEN LA TIENNE ?
PAS AUTANT QUE LA MIENNE !
VESTIAIRES GARÇONS
DÉSOLÉ, LES MECS, MAIS C'EST MOI QUI AI LA PLUS GRANDE SERVIETTE !
LES GARÇONS AIMENT JOUER LES GROS DURS
ÇA VA ? JE NE T'AI PAS FAIT TROP MAL ?
TU RIGOLES ! J'AI RIEN SENTI, ÇA M'A CHATOUILLÉ !

Horoscope

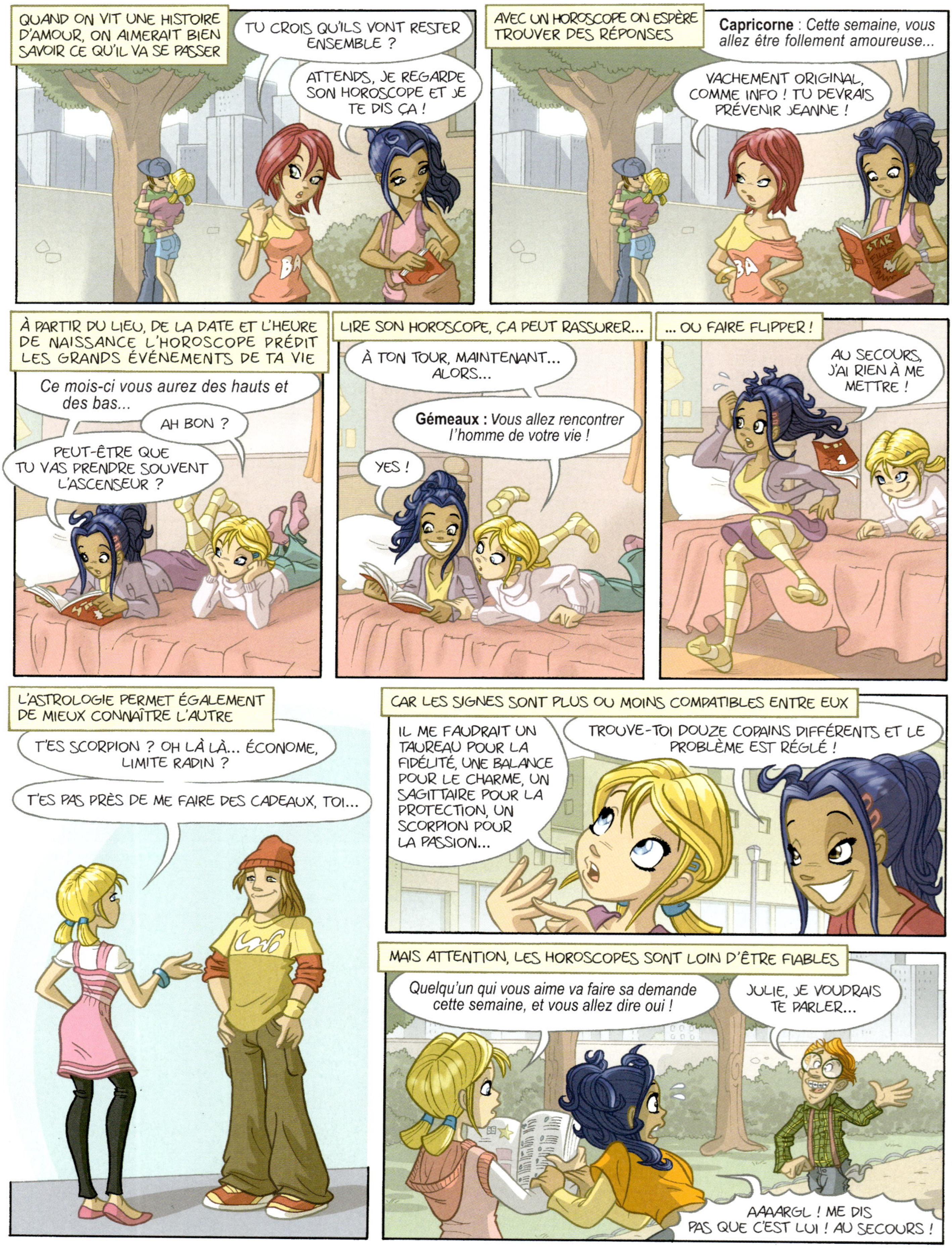

QUAND ON VIT UNE HISTOIRE D'AMOUR, ON AIMERAIT BIEN SAVOIR CE QU'IL VA SE PASSER
TU CROIS QU'ILS VONT RESTER ENSEMBLE ?
ATTENDS, JE REGARDE SON HOROSCOPE ET JE TE DIS ÇA !
AVEC UN HOROSCOPE ON ESPÈRE TROUVER DES RÉPONSES
Capricorne : *Cette semaine, vous allez être follement amoureuse...*
VACHEMENT ORIGINAL, COMME INFO ! TU DEVRAIS PRÉVENIR JEANNE !
STAR FILLE
À PARTIR DU LIEU, DE LA DATE ET L'HEURE DE NAISSANCE L'HOROSCOPE PRÉDIT LES GRANDS ÉVÉNEMENTS DE TA VIE
Ce mois-ci vous aurez des hauts et des bas...
AH BON ?
PEUT-ÊTRE QUE TU VAS PRENDRE SOUVENT L'ASCENSEUR ?
LIRE SON HOROSCOPE, ÇA PEUT RASSURER...
À TON TOUR, MAINTENANT... ALORS...
Gémeaux : *Vous allez rencontrer l'homme de votre vie !*
YES !
... OU FAIRE FLIPPER !
AU SECOURS, J'AI RIEN À ME METTRE !
L'ASTROLOGIE PERMET ÉGALEMENT DE MIEUX CONNAÎTRE L'AUTRE
T'ES SCORPION ? OH LÀ LÀ... ÉCONOME, LIMITE RADIN ?
T'ES PAS PRÈS DE ME FAIRE DES CADEAUX, TOI...
CAR LES SIGNES SONT PLUS OU MOINS COMPATIBLES ENTRE EUX
IL ME FAUDRAIT UN TAUREAU POUR LA FIDÉLITÉ, UNE BALANCE POUR LE CHARME, UN SAGITTAIRE POUR LA PROTECTION, UN SCORPION POUR LA PASSION...
TROUVE-TOI DOUZE COPAINS DIFFÉRENTS ET LE PROBLÈME EST RÉGLÉ !
MAIS ATTENTION, LES HOROSCOPES SONT LOIN D'ÊTRE FIABLES
Quelqu'un qui vous aime va faire sa demande cette semaine, et vous allez dire oui !
JULIE, JE VOUDRAIS TE PARLER...
AAAARGL ! ME DIS PAS QUE C'EST LUI ! AU SECOURS !

Incertitude

INTERNET

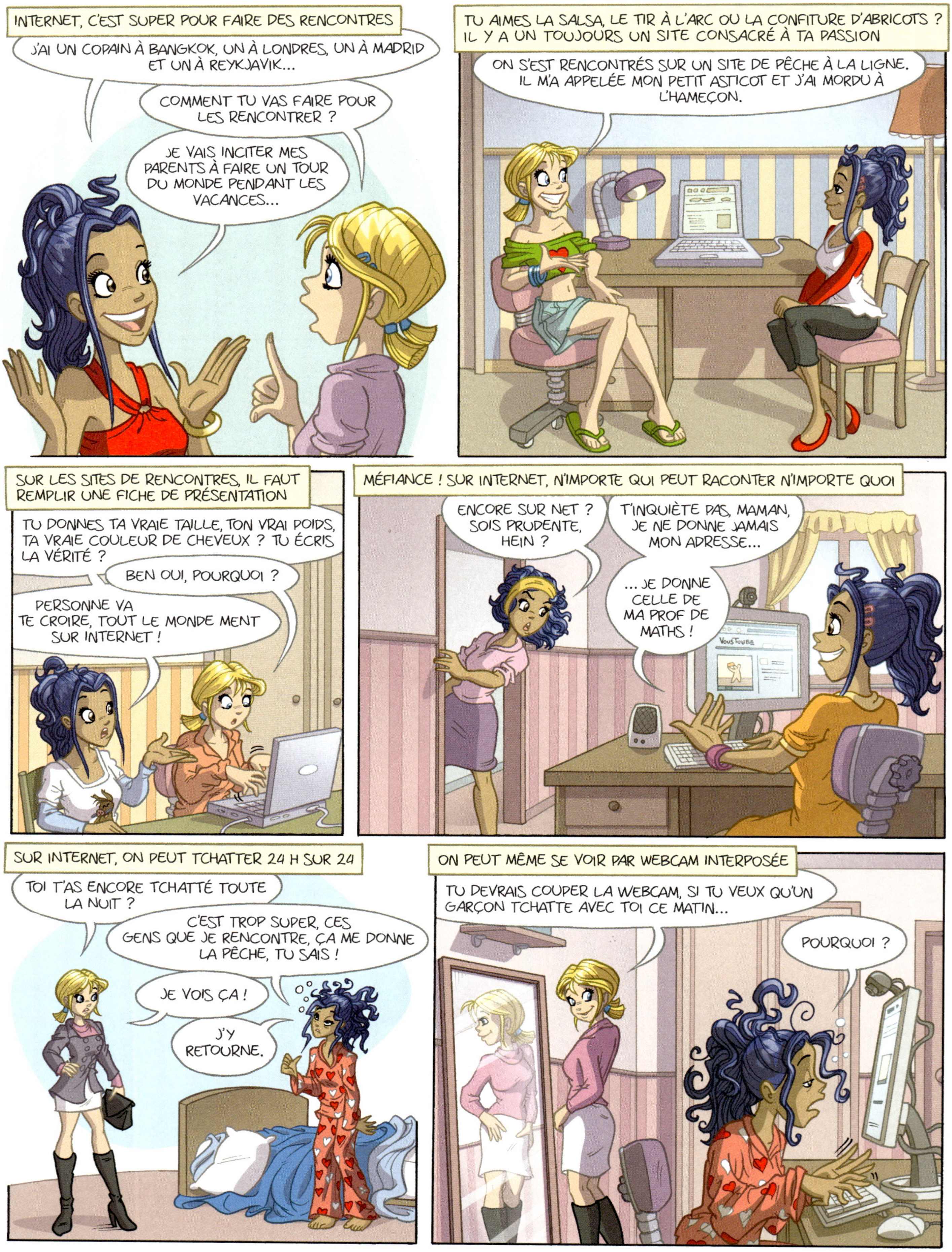
INTERNET, C'EST SUPER POUR FAIRE DES RENCONTRES
J'AI UN COPAIN À BANGKOK, UN À LONDRES, UN À MADRID ET UN À REYKJAVIK...
COMMENT TU VAS FAIRE POUR LES RENCONTRER ?
JE VAIS INCITER MES PARENTS À FAIRE UN TOUR DU MONDE PENDANT LES VACANCES...
TU AIMES LA SALSA, LE TIR À L'ARC OU LA CONFITURE D'ABRICOTS ? IL Y A UN TOUJOURS UN SITE CONSACRÉ À TA PASSION
ON S'EST RENCONTRÉS SUR UN SITE DE PÊCHE À LA LIGNE. IL M'A APPELÉE MON PETIT ASTICOT ET J'AI MORDU À L'HAMEÇON.
SUR LES SITES DE RENCONTRES, IL FAUT REMPLIR UNE FICHE DE PRÉSENTATION
TU DONNES TA VRAIE TAILLE, TON VRAI POIDS, TA VRAIE COULEUR DE CHEVEUX ? TU ÉCRIS LA VÉRITÉ ?
BEN OUI, POURQUOI ?
PERSONNE VA TE CROIRE, TOUT LE MONDE MENT SUR INTERNET !
MÉFIANCE ! SUR INTERNET, N'IMPORTE QUI PEUT RACONTER N'IMPORTE QUOI
ENCORE SUR NET ? SOIS PRUDENTE, HEIN ?
T'INQUIÈTE PAS, MAMAN, JE NE DONNE JAMAIS MON ADRESSE...
... JE DONNE CELLE DE MA PROF DE MATHS !
SUR INTERNET, ON PEUT TCHATTER 24 H SUR 24
TOI T'AS ENCORE TCHATTÉ TOUTE LA NUIT ?
C'EST TROP SUPER, CES GENS QUE JE RENCONTRE, ÇA ME DONNE LA PÊCHE, TU SAIS !
JE VOIS ÇA !
J'Y RETOURNE.
ON PEUT MÊME SE VOIR PAR WEBCAM INTERPOSÉE
TU DEVRAIS COUPER LA WEBCAM, SI TU VEUX QU'UN GARÇON TCHATTE AVEC TOI CE MATIN...
POURQUOI ?

JALOUSIE

IL Y A LA BONNE JALOUSIE
J'AIME PAS TOUTES CES FILLES QUI TE REGARDENT, MAIS BON, C'EST NORMAL QU'ELLES TE TOURNENT AUTOUR, TU ES SI MIGNON...
ET LA MAUVAISE JALOUSIE
JE T'AI VU, TU AS REGARDÉ CETTE FILLE ! SI JAMAIS TU LA REGARDES ENCORE, JE T'ÉTRIPE !
ÊTRE JALOUX, C'EST MANQUER DE CONFIANCE EN SOI
JE SUIS TROP NULLE !
MAIS NON, TU TE TROMPES.
NON, C'EST TOI QUI ME TROMPES !
UN JALOUX SOUPÇONNE TOUT ET N'IMPORTE QUOI
MAMAN, JE TE PRÉSENTE JEANNE.
AAAH ! JE SAVAIS BIEN QUE TU SORTAIS AVEC UNE AUTRE FILLE QUE MOI !
LA JALOUSIE, ÇA COMPLIQUE LA VIE
DÈS QU'IL SORT, TU LE SUIS DISCRÈTEMENT.
J'AIMERAIS MIEUX ALLER ME COUCHER...
S'IL TE PLAÎT, ATTEND ENCORE UNE HEURE OU DEUX.
2 SOLUTIONS ANTI-JALOUSIE : 1) REPRENDS CONFIANCE EN TOI
IL NE PEUT PAS ME TROMPER, PUISQUE JE SUIS BELLE, SYMPA, INTELLIGENTE...
ET MODESTE !
FAIS GAFFE, T'AS LES CHEVILLES QUI ENFLENT...
2) RESTE CÉLIBATAIRE
DEPUIS QUE JE SUIS TOUTE SEULE, JE NE ME FAIS PLUS DE SOUCIS...
MAIS QU'EST-CE QUE JE M'ENNUIE !

JE T'AIME

COMMENT DIRE "JE T'AIME" ?
J'OSE PAS...
TU VEUX QUE JE TE DISE COMMENT JE FERAIS, MOI ?
EN RIGOLANT
... ET ALORS LE FOU LUI DIT : "JE T'AIME, JE T'AIME, JE T'AIME"... HA HA HA !
J'AI RIEN COMPRIS... C'EST OÙ QU'IL FAUT RIRE ?
EN NOYANT LE POISSON
TU SAIS PAS LA MEILLEURE ? CE MATIN, JE ME LÈVE JE T'AIME ET J'AI GLISSÉ SUR LA SAVONNETTE À L'EUCALYPTUS QUE JE T'AIME M'A ACHETÉE MA MÈRE, ET JE SUIS TOMBÉE ET JE ME SUIS COGNÉ LA TÊTE, JE T'AIME LÀ, TU VOIS, J'AI UNE BOSSE, PAF CONTRE LE LAVABO. ÇA FAIT MAL, JE T'AIME, TU SAIS ÇA FAIT SUPER MAL...
EN SIFFLANT
ON NE COMPREND RIEN À CE QUE TU VEUX DIRE, MAIS ÇA IMITE SUPER BIEN R2D2. J'AVAIS L'IMPRESSION DE VOIR STAR WARS !
EN PLEURANT
PCCCHHHHEE TCCCHHOUMM T'CCHHAIMEEEE !
PARLE PAS QUAND TU TE MOUCHES, ON A L'IMPRESSION QUE TU TE NOIES !
EN CHANTANT
SI À CHAQUE FOIS QUE TU ME DÉCLARES TON AMOUR IL SE MET À PLEUVOIR, ON VA PEUT-ÊTRE SE SÉPARER...
EN ÉCRIVANT
TU VAS LUI DIRE COMMENT ? SMS ? COURRIER ? MAIL ?
LES TROIS ET JE VAIS AUSSI LUI ENVOYER UN FAX ET UN COURSIER, ON SAIT JAMAIS !

LETTRE D'AMOUR

MOTS DOUX

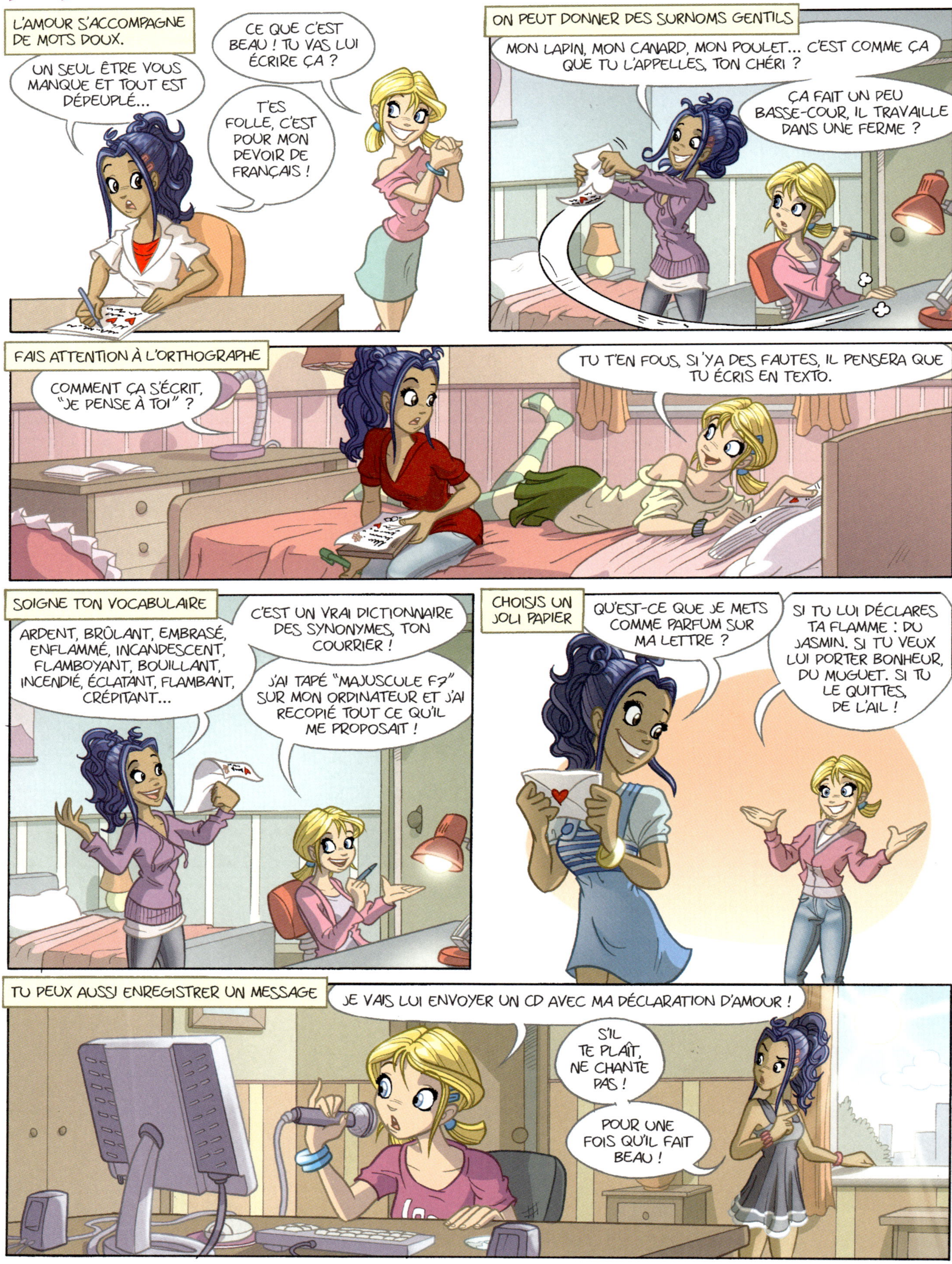
L'AMOUR S'ACCOMPAGNE DE MOTS DOUX.
UN SEUL ÊTRE VOUS MANQUE ET TOUT EST DÉPEUPLÉ...
CE QUE C'EST BEAU ! TU VAS LUI ÉCRIRE ÇA ?
T'ES FOLLE, C'EST POUR MON DEVOIR DE FRANÇAIS !
ON PEUT DONNER DES SURNOMS GENTILS
MON LAPIN, MON CANARD, MON POULET... C'EST COMME ÇA QUE TU L'APPELLES, TON CHÉRI ?
ÇA FAIT UN PEU BASSE-COUR, IL TRAVAILLE DANS UNE FERME ?
FAIS ATTENTION À L'ORTHOGRAPHE
COMMENT ÇA S'ÉCRIT, "JE PENSE À TOI" ?
TU T'EN FOUS, SI Y'A DES FAUTES, IL PENSERA QUE TU ÉCRIS EN TEXTO.
SOIGNE TON VOCABULAIRE
ARDENT, BRÛLANT, EMBRASÉ, ENFLAMMÉ, INCANDESCENT, FLAMBOYANT, BOUILLANT, INCENDIÉ, ÉCLATANT, FLAMBANT, CRÉPITANT...
C'EST UN VRAI DICTIONNAIRE DES SYNONYMES, TON COURRIER !
J'AI TAPÉ "MAJUSCULE F7" SUR MON ORDINATEUR ET J'AI RECOPIÉ TOUT CE QU'IL ME PROPOSAIT !
CHOISIS UN JOLI PAPIER
QU'EST-CE QUE JE METS COMME PARFUM SUR MA LETTRE ?
SI TU LUI DÉCLARES TA FLAMME : DU JASMIN. SI TU VEUX LUI PORTER BONHEUR, DU MUGUET. SI TU LE QUITTES, DE L'AIL !
TU PEUX AUSSI ENREGISTRER UN MESSAGE
JE VAIS LUI ENVOYER UN CD AVEC MA DÉCLARATION D'AMOUR !
S'IL TE PLAÎT, NE CHANTE PAS !
POUR UNE FOIS QU'IL FAIT BEAU !

OUBLIER

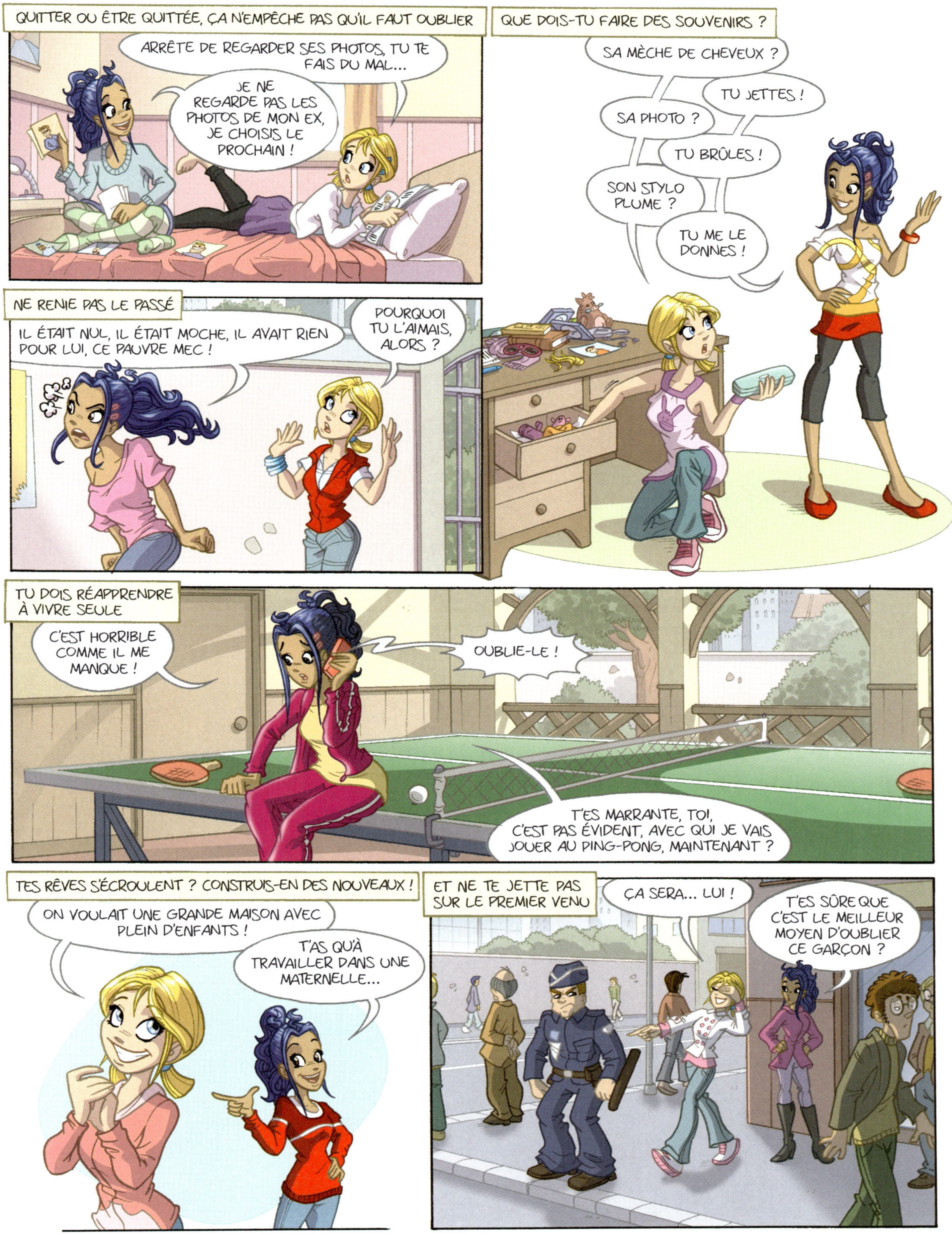

QUITTER OU ÊTRE QUITTÉE, ÇA N'EMPÊCHE PAS QU'IL FAUT OUBLIER
ARRÊTE DE REGARDER SES PHOTOS, TU TE FAIS DU MAL...
JE NE REGARDE PAS LES PHOTOS DE MON EX, JE CHOISIS LE PROCHAIN !
QUE DOIS-TU FAIRE DES SOUVENIRS ?
SA MÈCHE DE CHEVEUX ?
TU JETTES !
SA PHOTO ?
TU BRÛLES !
SON STYLO PLUME ?
TU ME LE DONNES !
NE RENIE PAS LE PASSÉ
IL ÉTAIT NUL, IL ÉTAIT MOCHE, IL AVAIT RIEN POUR LUI, CE PAUVRE MEC !
POURQUOI TU L'AIMAIS, ALORS ?
TU DOIS RÉAPPRENDRE À VIVRE SEULE
C'EST HORRIBLE COMME IL ME MANQUE !
OUBLIE-LE !
T'ES MARRANTE, TOI, C'EST PAS ÉVIDENT, AVEC QUI JE VAIS JOUER AU PING-PONG, MAINTENANT ?
TES RÊVES S'ÉCROULENT ? CONSTRUIS-EN DES NOUVEAUX !
ON VOULAIT UNE GRANDE MAISON AVEC PLEIN D'ENFANTS !
T'AS QU'À TRAVAILLER DANS UNE MATERNELLE...
ET NE TE JETTE PAS SUR LE PREMIER VENU
ÇA SERA... LUI !
T'ES SÛRE QUE C'EST LE MEILLEUR MOYEN D'OUBLIER CE GARÇON ?

PASSION

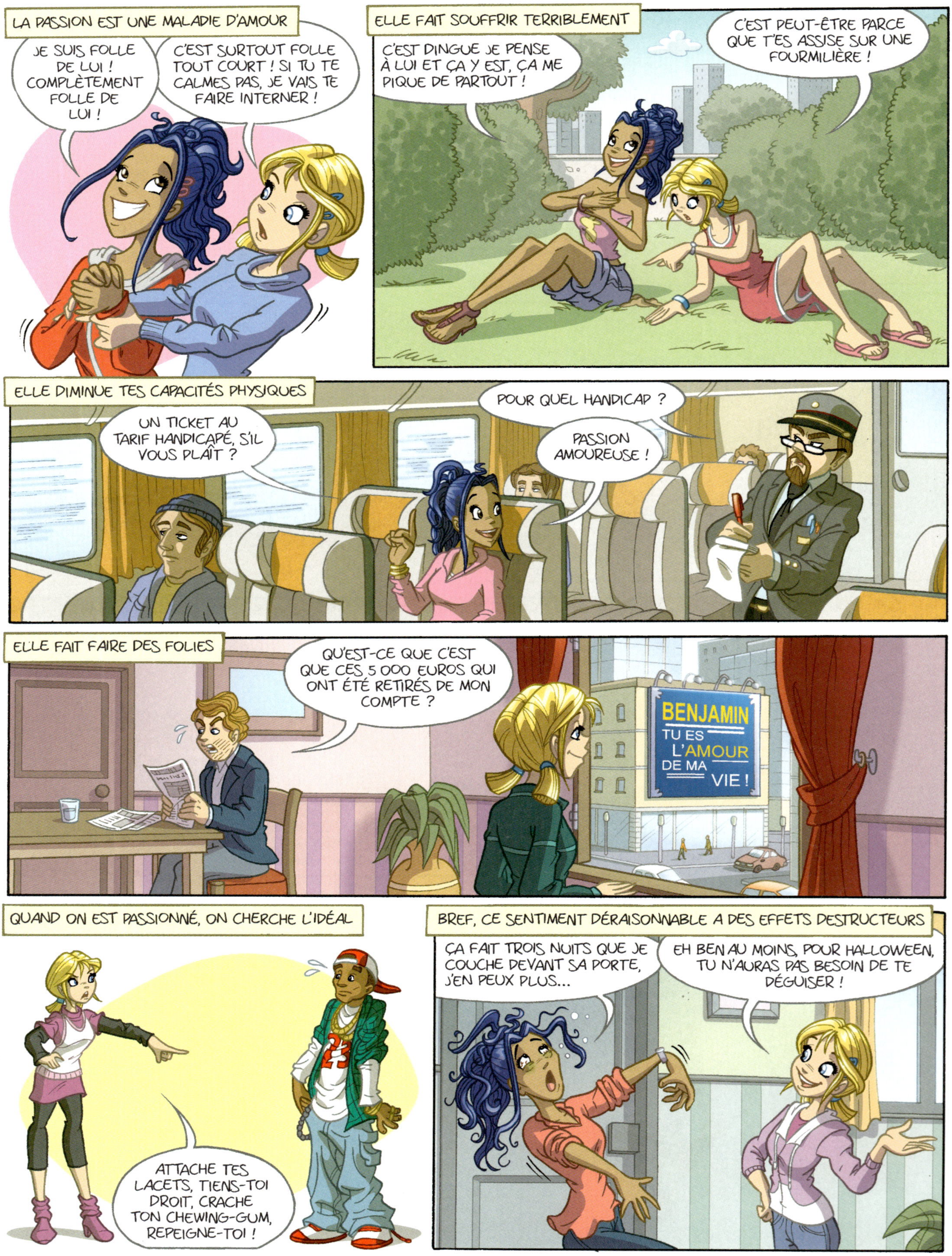
LA PASSION EST UNE MALADIE D'AMOUR
JE SUIS FOLLE DE LUI ! COMPLÈTEMENT FOLLE DE LUI !
C'EST SURTOUT FOLLE TOUT COURT ! SI TU TE CALMES PAS, JE VAIS TE FAIRE INTERNER !
ELLE FAIT SOUFFRIR TERRIBLEMENT
C'EST DINGUE JE PENSE À LUI ET ÇA Y EST, ÇA ME PIQUE DE PARTOUT !
C'EST PEUT-ÊTRE PARCE QUE T'ES ASSISE SUR UNE FOURMILIÈRE !
ELLE DIMINUE TES CAPACITÉS PHYSIQUES
UN TICKET AU TARIF HANDICAPÉ, S'IL VOUS PLAÎT ?
POUR QUEL HANDICAP ?
PASSION AMOUREUSE !
ELLE FAIT FAIRE DES FOLIES
QU'EST-CE QUE C'EST QUE CES 5 000 EUROS QUI ONT ÉTÉ RETIRÉS DE MON COMPTE ?
BENJAMIN TU ES L'AMOUR DE MA VIE !
QUAND ON EST PASSIONNÉ, ON CHERCHE L'IDÉAL
ATTACHE TES LACETS, TIENS-TOI DROIT, CRACHE TON CHEWING-GUM, REPEIGNE-TOI !
BREF, CE SENTIMENT DÉRAISONNABLE A DES EFFETS DESTRUCTEURS
ÇA FAIT TROIS NUITS QUE JE COUCHE DEVANT SA PORTE, J'EN PEUX PLUS...
EH BEN AU MOINS, POUR HALLOWEEN, TU N'AURAS PAS BESOIN DE TE DÉGUISER !

PRINCE CHARMANT

PUDEUR

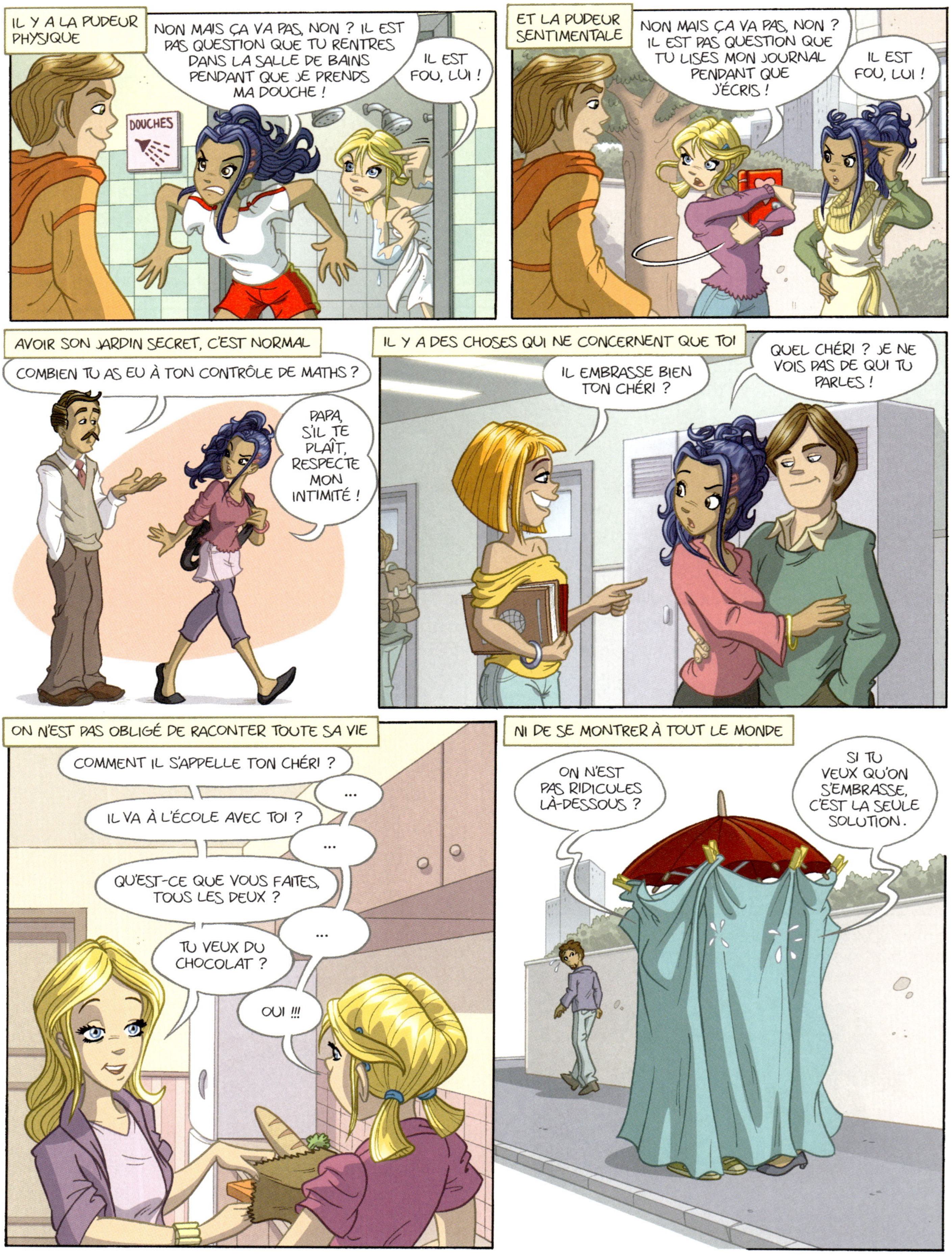
IL Y A LA PUDEUR PHYSIQUE
NON MAIS ÇA VA PAS, NON ? IL EST PAS QUESTION QUE TU RENTRES DANS LA SALLE DE BAINS PENDANT QUE JE PRENDS MA DOUCHE !
DOUCHES
IL EST FOU, LUI !
ET LA PUDEUR SENTIMENTALE
NON MAIS ÇA VA PAS, NON ? IL EST PAS QUESTION QUE TU LISES MON JOURNAL PENDANT QUE J'ÉCRIS !
IL EST FOU, LUI !
AVOIR SON JARDIN SECRET, C'EST NORMAL
COMBIEN TU AS EU À TON CONTRÔLE DE MATHS ?
PAPA, S'IL TE PLAÎT, RESPECTE MON INTIMITÉ !
IL Y A DES CHOSES QUI NE CONCERNENT QUE TOI
IL EMBRASSE BIEN TON CHÉRI ?
QUEL CHÉRI ? JE NE VOIS PAS DE QUI TU PARLES !
ON N'EST PAS OBLIGÉ DE RACONTER TOUTE SA VIE
COMMENT IL S'APPELLE TON CHÉRI ?
...
IL VA À L'ÉCOLE AVEC TOI ?
...
QU'EST-CE QUE VOUS FAITES, TOUS LES DEUX ?
...
TU VEUX DU CHOCOLAT ?
OUI !!!
NI DE SE MONTRER À TOUT LE MONDE
ON N'EST PAS RIDICULES LÀ-DESSOUS ?
SI TU VEUX QU'ON S'EMBRASSE, C'EST LA SEULE SOLUTION.

Questions indiscrètes

QUOTIDIEN

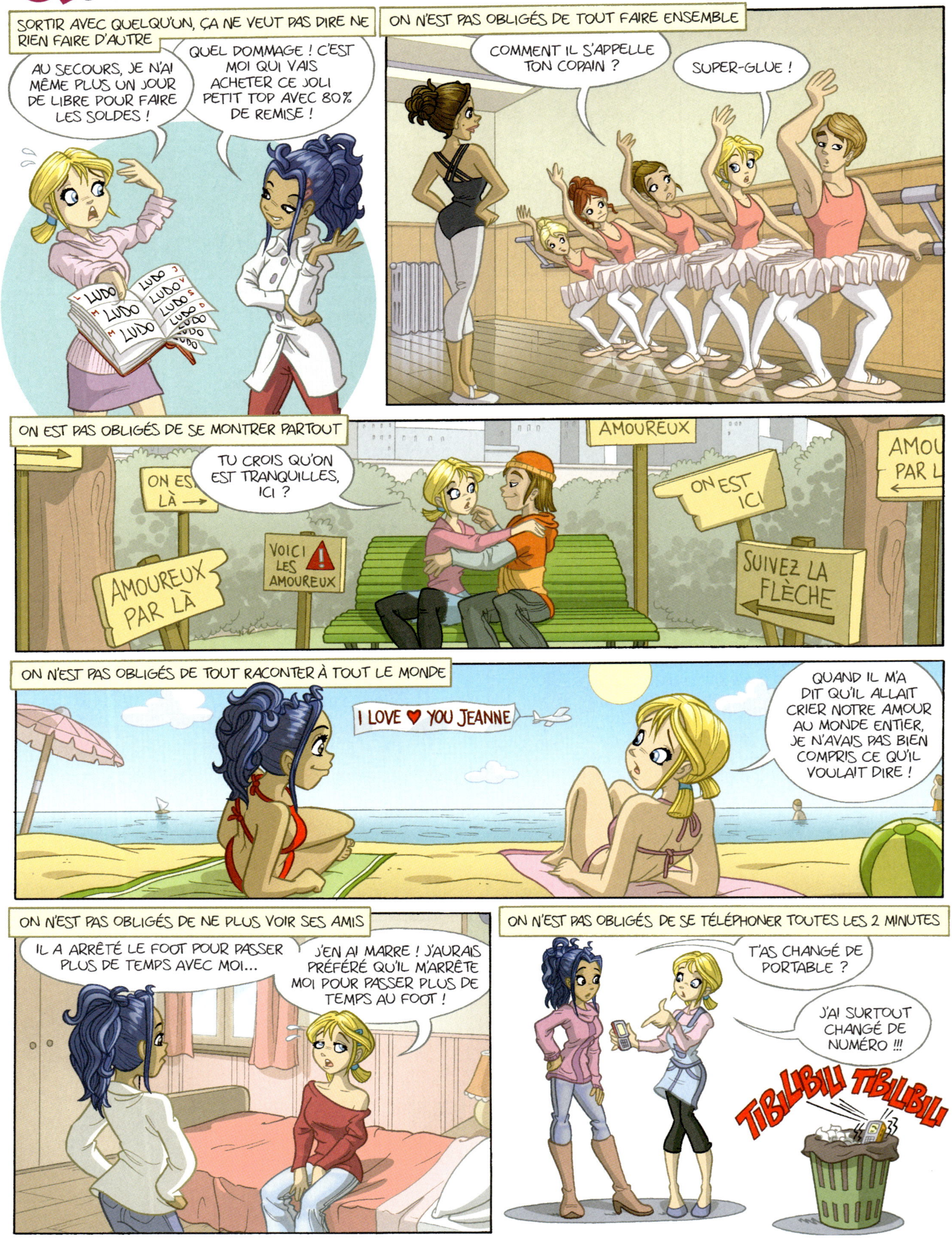
SORTIR AVEC QUELQU'UN, ÇA NE VEUT PAS DIRE NE RIEN FAIRE D'AUTRE
AU SECOURS, JE N'AI MÊME PLUS UN JOUR DE LIBRE POUR FAIRE LES SOLDES !
QUEL DOMMAGE ! C'EST MOI QUI VAIS ACHETER CE JOLI PETIT TOP AVEC 80% DE REMISE !
LUDO
ON N'EST PAS OBLIGÉS DE TOUT FAIRE ENSEMBLE
COMMENT IL S'APPELLE TON COPAIN ?
SUPER-GLUE !
ON EST PAS OBLIGÉS DE SE MONTRER PARTOUT
AMOUREUX
ON EST LÀ →
TU CROIS QU'ON EST TRANQUILLES, ICI ?
ON EST ICI
AMOUREUX PAR LÀ
VOICI LES AMOUREUX
SUIVEZ LA FLÈCHE
ON N'EST PAS OBLIGÉS DE TOUT RACONTER À TOUT LE MONDE
I LOVE ♥ YOU JEANNE
QUAND IL M'A DIT QU'IL ALLAIT CRIER NOTRE AMOUR AU MONDE ENTIER, JE N'AVAIS PAS BIEN COMPRIS CE QU'IL VOULAIT DIRE !
ON N'EST PAS OBLIGÉS DE NE PLUS VOIR SES AMIS
IL A ARRÊTÉ LE FOOT POUR PASSER PLUS DE TEMPS AVEC MOI...
J'EN AI MARRE ! J'AURAIS PRÉFÉRÉ QU'IL M'ARRÊTE MOI POUR PASSER PLUS DE TEMPS AU FOOT !
ON N'EST PAS OBLIGÉS DE SE TÉLÉPHONER TOUTES LES 2 MINUTES
T'AS CHANGÉ DE PORTABLE ?
J'AI SURTOUT CHANGÉ DE NUMÉRO !!!
TIBILIBILI TIBILIBILI

Râteau

SE PRENDRE UN RÂTEAU, CE N'EST JAMAIS TRÈS AGRÉABLE
NON, JULIE, DÉSOLÉ, MAIS JE N'AI PAS ENVIE DE SORTIR AVEC TOI...
COMMENT FAIRE BONNE FIGURE ?
AVEC INDIFFÉRENCE
JE M'EN MOQUE, DE TOUTES FAÇONS, JE TE DEMANDAIS ÇA COMME ÇA, MAIS J'EN AVAIS PAS DU TOUT ENVIE !
AVEC MOQUERIE
HA, HA, HA, TU M'AS CRUE ? N'IMPORTE QUOI !
TU NE T'IMAGINES PAS QUE J'AVAIS VRAIMENT ENVIE DE SORTIR AVEC TOI ?!
AVEC MÉCHANCETÉ
HÉ, HO, TU PRENDS TES RÊVES POUR DES RÉALITÉS, MON POTE !
FAUT TE FAIRE SOIGNER SI TU ENTENDS DES VOIX !
AVEC COMPASSION
MON PAUVRE, TU M'AS CRUE ? MAIS JE DISAIS ÇA POUR RIGOLER !
JE SUIS DÉSOLÉE SI JE T'AI FAIT UNE FAUSSE JOIE !
AVEC FUREUR
QUOI, TU REFUSES ? NON, MAIS, TU T'ES VU ?
AVEC LA GUEULE QUE T'AS TU DEVRAIS T'ESTIMER CONTENT QU'UNE NANA COMME MOI TE DEMANDE ÇA !
AVEC ÉTOURDERIE
OH, PARDON, JE ME SUIS TROMPÉE ! C'EST PAS AVEC TOI QUE JE VOULAIS SORTIR, C'EST AVEC FABIEN !
EXCUSE-MOI, JEAN-BA !

Rendez-vous

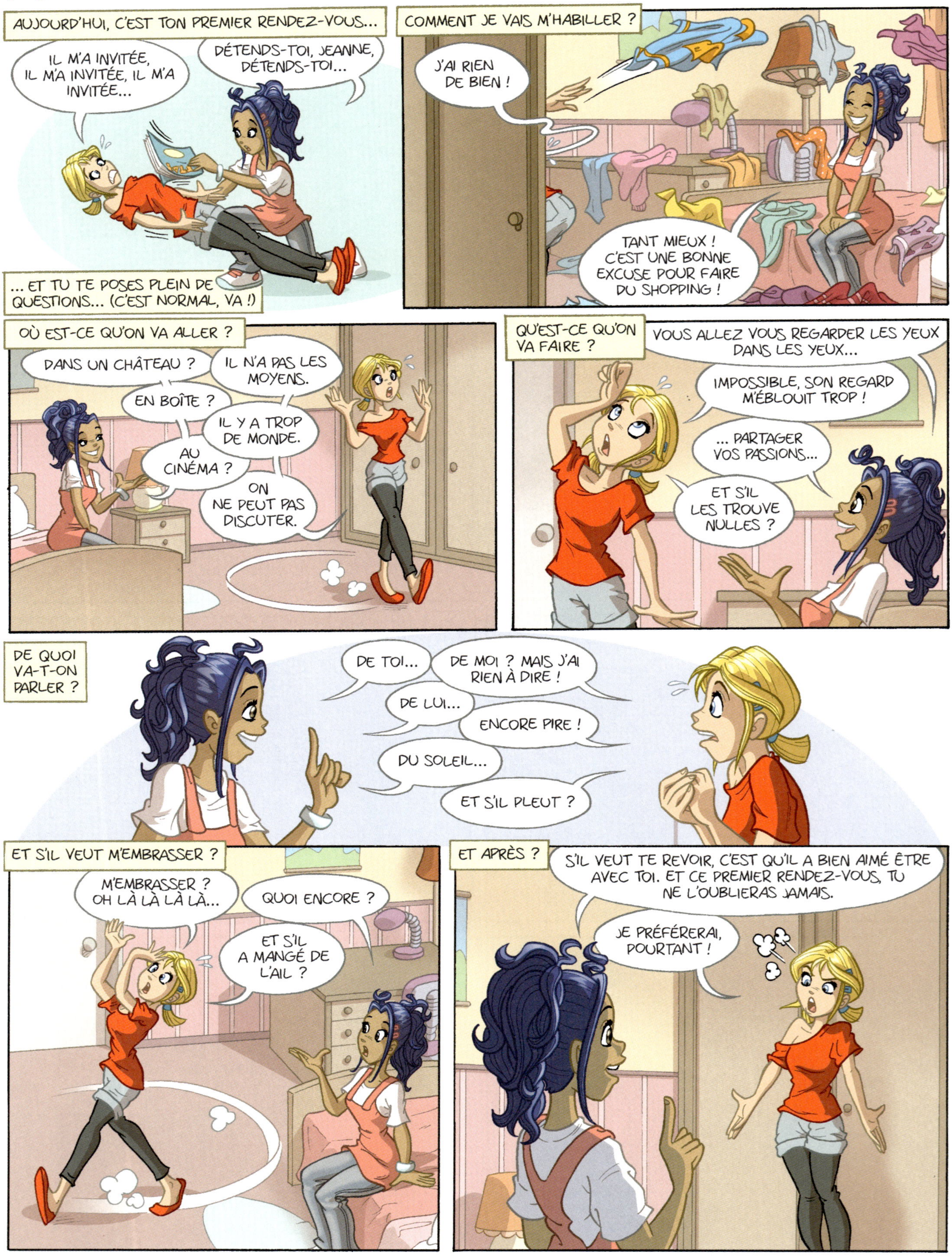
AUJOURD'HUI, C'EST TON PREMIER RENDEZ-VOUS...
IL M'A INVITÉE, IL M'A INVITÉE, IL M'A INVITÉE...
DÉTENDS-TOI, JEANNE, DÉTENDS-TOI...
... ET TU TE POSES PLEIN DE QUESTIONS... (C'EST NORMAL, VA !)
COMMENT JE VAIS M'HABILLER ?
J'AI RIEN DE BIEN !
TANT MIEUX ! C'EST UNE BONNE EXCUSE POUR FAIRE DU SHOPPING !
OÙ EST-CE QU'ON VA ALLER ?
DANS UN CHÂTEAU ?
IL N'A PAS LES MOYENS.
EN BOÎTE ?
IL Y A TROP DE MONDE.
AU CINÉMA ?
ON NE PEUT PAS DISCUTER.
QU'EST-CE QU'ON VA FAIRE ?
VOUS ALLEZ VOUS REGARDER LES YEUX DANS LES YEUX...
IMPOSSIBLE, SON REGARD M'ÉBLOUIT TROP !
... PARTAGER VOS PASSIONS...
ET S'IL LES TROUVE NULLES ?
DE QUOI VA-T-ON PARLER ?
DE TOI...
DE MOI ? MAIS J'AI RIEN À DIRE !
DE LUI...
ENCORE PIRE !
DU SOLEIL...
ET S'IL PLEUT ?
ET S'IL VEUT M'EMBRASSER ?
M'EMBRASSER ? OH LÀ LÀ LÀ LÀ...
QUOI ENCORE ?
ET S'IL A MANGÉ DE L'AIL ?
ET APRÈS ?
S'IL VEUT TE REVOIR, C'EST QU'IL A BIEN AIMÉ ÊTRE AVEC TOI. ET CE PREMIER RENDEZ-VOUS, TU NE L'OUBLIERAS JAMAIS.
JE PRÉFÉRERAI, POURTANT !

Romantique

SI TU ES ROMANTIQUE, TU RÊVES D'UN PRINCE CHARMANT
C'EST PAS VRAIMENT COMME ÇA QUE JE VOYAIS LES CHOSES...
T'AS TORT, DANS LES CONTES DE FÉES, ÇA MARCHE TOUJOURS !
... DE DÎNER AUX CHANDELLES
C'EST PAS VRAIMENT COMME ÇA QUE JE VOYAIS LES CHOSES...
RÂLE PAS, T'AS DÉJÀ LES BOUGIES, C'EST UN BON DÉBUT !
... D'AUBADE SOUS TON BALCON
C'EST PAS VRAIMENT COMME ÇA QUE JE VOYAIS LES CHOSES...
POLICE
N'EMPÊCHE QUE LES FLICS VONT EMBARQUER TOUT LE MONDE AU VIOLON ! C'EST BIEN NON ?
... DE POÉSIE RAFFINÉE
OH JEANNE, JE TE LE DIS TOUT NET
JE SUIS UN KEUM SUPER HONNÊTE
ET SI J'TE FAIS MON NUMÉRO
C'EST POUR QU'TU M'PRÊTES, CINQUANTE EUROS...
C'EST PAS VRAIMENT COMME ÇA QUE JE VOYAIS LES CHOSES...
RECONNAIS QU'IL A QUAND MÊME FAIT DES EFFORTS.
... DE BOUQUETS DE FLEURS PAR MILLIERS
... À LA FOLIE... PAS DU TOUT... ÇA FAIT VINGT FOIS QUE JE LE FAIS, ÇA SE CONCLUT TOUJOURS SUR "PAS DU TOUT" !
PRENDS DES TRÈFLES À QUATRE FEUILLES, ÇA FINIRA SUR "PASSIONNÉMENT" !
C'EST PAS VRAIMENT COMME ÇA QUE JE VOYAIS LES CHOSES...
ÊTRE ROMANTIQUE, C'EST VRAIMENT BEAU COMME AU CINÉMA !
JE SUIS LE ROI DU MONDE !
AAAAH, LÀ, C'EST COMME ÇA QUE JE VOYAIS LES CHOSES...
TITANIC
EUH... ON VOIT QUE TU NE CONNAIS PAS LA FIN DU FILM !

Rougir

POURQUOI EST-CE QUE TU ROUGIS ?
GÉNIALE, TA ROBE ! MA GRAND-MÈRE A LA MÊME QUE TOI !
PARCE QU'ON TE FAIT UN COMPLIMENT ?
PARCE QU'ON S'INTÉRESSE À TOI ?
CHAUD DEVANT !
PARCE QU'ON S'APPROCHE TROP DE TOI ?
JULIE, POUSSE-TOI, T'ES DANS LE CHAMP !!
PARCE QU'ON TE REGARDE ?
JULIE ! VOUS VOUDREZ BIEN NOUS LIRE CE QU'IL Y A SUR CE PAPIER !
PARCE QU'ON T'ÉCOUTE ?
EN FAIT, TU ROUGIS SOUS L'EFFET D'UNE ÉMOTION COMME L'AMOUR...
N'IMPORTE QUOI ! J'AI PRIS UN COUP DE SOLEIL, C'EST TOUT !
TU PEUX ROUGIR AUSSI SI TU RACONTES UN GROS MENSONGE !!!

SAINT-VALENTIN

SECRET

TU AIMES EN SECRET PARCE TU N'OSES PAS AVOUER TON AMOUR
PSSST... JE T'AIME !
MAIS... JEANNE... QU'EST-CE QUI T'ARRIVE ?
AAARG ! COMMENT TU M'AS RECONNUE ?
ALORS SURTOUT, NE FAIS PAS DE GAFFES
QU'EST-CE QU'IL EST MIGNON !
COMMENT TU PEUX DIRE ÇA, IL PORTE UN CASQUE ?
EUH... JE PARLE DU SCOOTER...
?!?
NE SOIS PAS TROP BAVARDE
POURQUOI TU NE VEUX PAS ME DIRE QUI C'EST ?
SI JE TE LE DIS, ÇA SERA PLUS UN SECRET...
SI, SI, JE TE PROMETS QUE JE VAIS OUBLIER !
SOIS DISCRÈTE
HOU HOU ! JEANNE, C'EST AU TABLEAU QUE ÇA SE PASSE !
SOIS PATIENTE
JE LUI PARLERAI POUR LA SAINT-VALENTIN...
PAS AVANT ?! COMMENT TU VAS FAIRE POUR ATTENDRE ? TU VAS HIBERNER ?
ET SURTOUT... SOIS COURAGEUSE
JEANNE, QU'EST-CE QUI T'ARRIVE ?
OOOOHHH... C'EST LUI QUE J'AIME... ET IL EST AVEC UNE AUTRE ! JE MEURS !
T'AS TROP ATTENDU, MA VIEILLE !

SÉDUIRE

POUR SÉDUIRE, IL N'Y A PAS DE RECETTE TOUTE FAITE
300 GR DE MINIJUPE, UN DEMI-LITRE DE COIFFEUR, UNE PINCÉE DE ROUGE À LÈVRES, LAISSER REPOSER UNE HEURE AVANT DE CONSOMMER...
TU CROIS QUE ÇA VA MARCHER ?
ARRÊTE DE POSER DES QUESTIONS ET MÉLANGE !
IL FAUT SAVOIR SE FAIRE APPRÉCIER
JE T'AI FAIT LA LISTE DE TOUT CE QUE JE SAIS FAIRE...
PIANO, GÂTEAU AU CHOCOLAT, VAISSELLE, MASSAGE...
TU N'AS PAS MARQUÉ LES JEUX VIDÉO, TU N'AIMES PAS ?
METTRE EN AVANT SES POINTS COMMUNS
TU AIMES LA NATURE ? ÇA TOMBE BIEN, J'AI UNE PLANTE VERTE DANS MA CHAMBRE.
FAIRE AIMER SES DIFFÉRENCES
TU ES LE PREMIER DE LA CLASSE, JE SUIS LA DERNIÈRE...
ÇA FAIT UNE BONNE MOYENNE, NON ?
BREF, IL FAUT SE MONTRER SOUS SON MEILLEUR JOUR
ICI FILLE SUPER SYMPA DRÔLE, PAS CASSE-PIEDS ET SUPER BONNE EN MATHS
MOI AUSSI
MAIS ATTENTION, IL NE FAUT PAS EN FAIRE TROP
T'AIMES BIEN VOIR DES MATCHS ?
JE PEUX VENIR AVEC TOI AU FOOT ?
NON, JE VEUX JOUER DANS TON ÉQUIPE.
SINON IL RISQUE DE PARTIR EN COURANT
ADRIEN, REVIENS !
LA HONTE ! LA HONTE !!

SÉPARATION

QUITTER, C'EST UN MOMENT DÉLICAT
COMMENT JE VAIS LUI ANNONCER ?
TU LUI DIS QU'IL EST TROP NUL, QUE T'EN AS MARRE DE VOIR SA TÊTE, QUE TU VEUX CHANGER D'AIR, ET PUIS C'EST TOUT !
SE FAIRE QUITTER, C'EST UN MOMENT DOULOUREUX
IL M'A DIT QUE J'ÉTAIS TROP NULLE, QU'IL EN AVAIT MARRE DE VOIR MA TÊTE, QU'IL VOULAIT CHANGER D'AIR...
OH LE GOUJAT !
UNE SÉPARATION, ÇA DOIT ÊTRE FAIT AVEC TACT
TU LUI DIS QUE TU L'AIMES ENCORE MAIS QUE TU LE QUITTES PARCE QUE TU NE VEUX PAS QUE VOTRE AMOUR SE DÉTÉRIORE...
C'EST DU TACT, ÇA, OU C'EST DE LA LÂCHETÉ ?
IL NE FAUT PAS MENTIR
ET SI JE LUI DISAIS QUE JE QUITTE LE PAYS POUR M'INSTALLER EN AMÉRIQUE DU SUD ?
ET COMMENT TU VAS FAIRE AU LYCÉE POUR NE PAS QU'IL TE RECONNAISSE ? TU VAS TE LAISSER POUSSER LA MOUSTACHE ?
OH L'AUTRE, J'AI PAS DE MOUSTACHE !
IL FAUT TROUVER LES BONS MOTS
JE LUI DIS QUOI ? J'ME CASSE ?
NON !
TU ME FATIGUES ?
NON !
T'ES TROP BÊTE ?
NON PLUS !
OH LÀ LÀ, ÇA M'ÉPUISE TOUT ÇA !
AH OUI, C'EST PAS MAL, TU PEUX LUI DIRE ÇA !
TRÈS IMPORTANT : UNE SÉPARATION, ÇA DOIT SE FAIRE EN DIRECT
JE PEUX PAS LUI ÉCRIRE OU LUI TÉLÉPHONER ?
NON, ÇA NE SE FAIT PAS !
BON, BEN TANT PIS, JE VAIS LUI ENVOYER UN TEXTO.
!?!

SMS

LES MESSAGES SMS, ÇA A BIEN DES AVANTAGES : LES PARENTS N'Y COMPRENNENT RIEN...
SLT KOMENCAVA KOI29?
MONSIEUR THIERCELIN, TRADUISEZ-MOI CE MESSAGE !
EUH...
TU PEUX EN ENVOYER DES QUANTITÉS...
C'EST QUOI TOUT ÇA ?
UN AMOUREUX QUI N'A PAS DE TÉLÉPHONE PORTABLE !
ÇA DÉVELOPPE LA COMMUNICATION...
jSpR ktu va bi1
m jvb ! bizz
C'EST INSTANTANÉ...
CHTONNG
t tro K'non
AH, IL ARRIVE UN PEU TROP TARD, SON SMS, À TON COPAIN !
ÇA T'INITIE À UN NOUVEAU LANGAGE...
Je fais souvent ce rêve étrange et pénétrant - D'une femme inconnue, et que j'aime, et qui m'aime, - Et qui n'est, chaque fois, ni tout à fait la même - Ni tout à fait une autre, et m'aime et me comprend.
MAIS QUELLE LANGUE IL PARLE, TON MEC ?
ÇA PEUT ÊTRE ANONYME...
WAOH, C'EST PAS VRAI, J'AI UN ADMIRATEUR MYSTÉRIEUX !
Je t'm
MAIS IL Y A QUAND MÊME DES INCONVÉNIENTS PARFOIS !
L'S tomB ! GMe suis tromP 2 numéro ! MDR !

Sortir

IL Y A SORTIR ET SORTIR
Sortir, verbe intransitif du latin *sortiri* : Quitter l'endroit où on est resté quelque temps. Exemple : *sortir d'une maison.*
EH BEN TU VEUX ALLER OÙ ?
SORTIR AVEC UN GARÇON, ÇA VEUT DIRE QU'ON EST AMOUREUX
ON SE PARLE, ON S'EMBRASSE, ON SE RACONTE NOS SECRETS EN ÉCOUTANT DE LA MUSIQUE...
JE NE VOIS PAS ÇA DANS MON DICO !
TU DOIS SORTIR AVEC QUELQU'UN QUI T'ATTIRE
JULIE, VIENS VOIR DEHORS, IL Y A UN SUPER SAC À MAIN !
IL T'ATTIRE, LUI ?
IL M'ATTIRE DEHORS, SURTOUT !
SI TU INVENTES DES PRÉTEXTES POUR L'ÉVITER, C'EST QUE VOUS N'ÊTES PAS BIEN ENSEMBLE
NON MERCI, JE N'AI PAS BESOIN DE SAC, J'EN AI DÉJÀ PLEIN !
OH, BEN MOI, J'LE VEUX BIEN, SON SAC !
EN GÉNÉRAL, ON DIT QU'ON SORT AVEC QUELQU'UN QUAND ON L'A EMBRASSÉ
AH NON, PAS QUESTION ! JE NE SORTIRAI PAS AVEC LUI !
SORTIR, ÇA NE VEUT PAS OBLIGATOIREMENT DIRE QU'ON VA PLUS LOIN
T'ES GENTIL, FABIEN, MAIS JE N'IRAI PAS PLUS LOIN !
JUSTE AU BOUT DE LA RUE POUR VOIR LE NOUVEAU MAGASIN QU'ILS ONT CONSTRUIT ! C'EST PAS LOIN ! T'ES FATIGUÉE ?

Trois

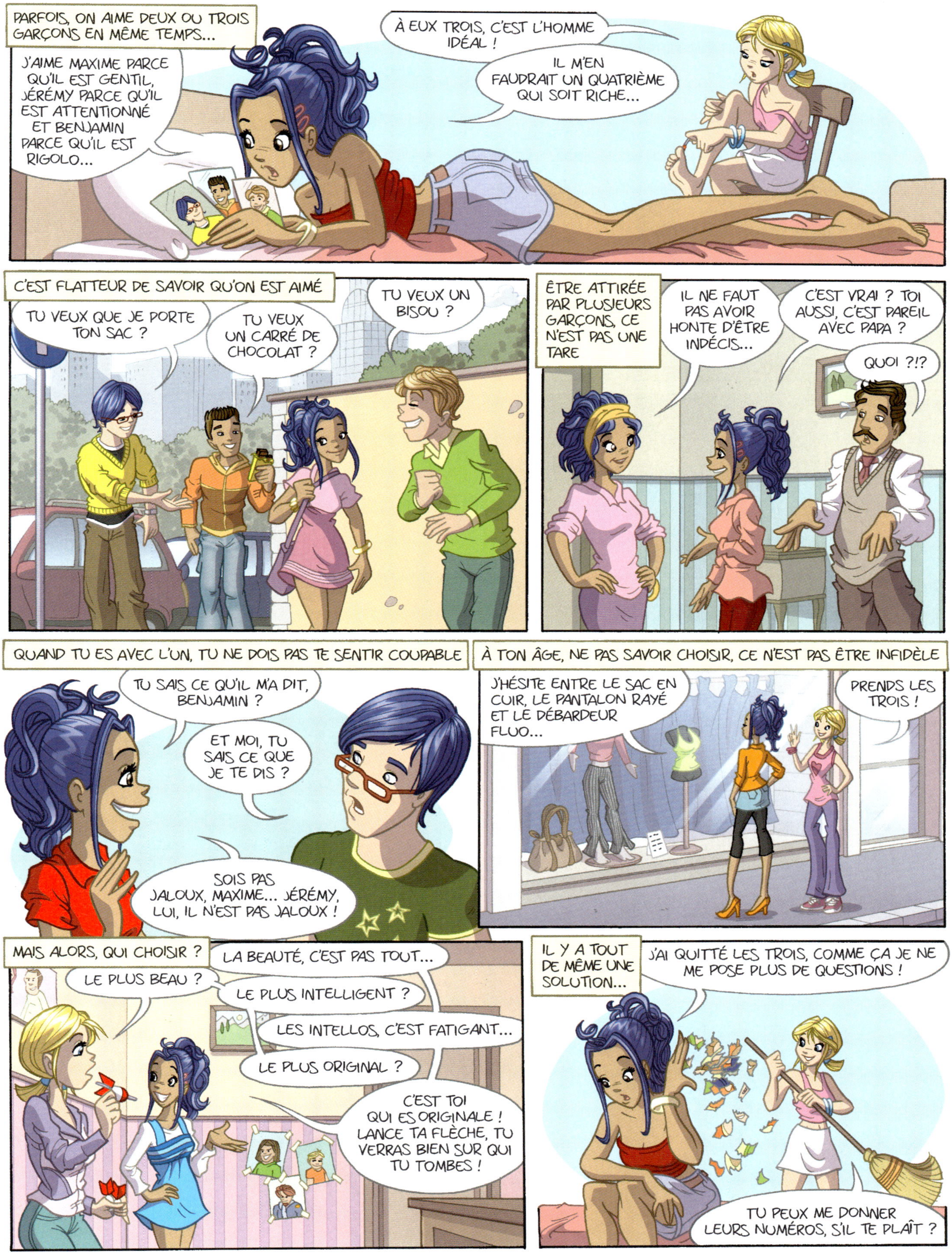

PARFOIS, ON AIME DEUX OU TROIS GARÇONS EN MÊME TEMPS...
J'AIME MAXIME PARCE QU'IL EST GENTIL, JÉRÉMY PARCE QU'IL EST ATTENTIONNÉ ET BENJAMIN PARCE QU'IL EST RIGOLO...
À EUX TROIS, C'EST L'HOMME IDÉAL !
IL M'EN FAUDRAIT UN QUATRIÈME QUI SOIT RICHE...
C'EST FLATTEUR DE SAVOIR QU'ON EST AIMÉ
TU VEUX QUE JE PORTE TON SAC ?
TU VEUX UN CARRÉ DE CHOCOLAT ?
TU VEUX UN BISOU ?
ÊTRE ATTIRÉE PAR PLUSIEURS GARÇONS, CE N'EST PAS UNE TARE
IL NE FAUT PAS AVOIR HONTE D'ÊTRE INDÉCIS...
C'EST VRAI ? TOI AUSSI, C'EST PAREIL AVEC PAPA ?
QUOI ?!?
QUAND TU ES AVEC L'UN, TU NE DOIS PAS TE SENTIR COUPABLE
TU SAIS CE QU'IL M'A DIT, BENJAMIN ?
ET MOI, TU SAIS CE QUE JE TE DIS ?
SOIS PAS JALOUX, MAXIME... JÉRÉMY, LUI, IL N'EST PAS JALOUX !
À TON ÂGE, NE PAS SAVOIR CHOISIR, CE N'EST PAS ÊTRE INFIDÈLE
J'HÉSITE ENTRE LE SAC EN CUIR, LE PANTALON RAYÉ ET LE DÉBARDEUR FLUO...
PRENDS LES TROIS !
MAIS ALORS, QUI CHOISIR ?
LE PLUS BEAU ?
LA BEAUTÉ, C'EST PAS TOUT...
LE PLUS INTELLIGENT ?
LES INTELLOS, C'EST FATIGANT...
LE PLUS ORIGINAL ?
C'EST TOI QUI ES ORIGINALE ! LANCE TA FLÈCHE, TU VERRAS BIEN SUR QUI TU TOMBES !
IL Y A TOUT DE MÊME UNE SOLUTION...
J'AI QUITTÉ LES TROIS, COMME ÇA JE NE ME POSE PLUS DE QUESTIONS !
TU PEUX ME DONNER LEURS NUMÉROS, S'IL TE PLAÎT ?

ZEN

L'AMOUR, ÇA REND ZEN...
TU PARLES ! JE DORS PLUS, JE MANGE PLUS, JE NE VIS PLUS !
MA PETITE JEANNE, TU N'AS QUE DEUX SOLUTIONS : SOIT TU CHANGES DE CARACTÈRE, SOIT TU CHANGES DE MEC !
JE VAIS DÉJÀ CHANGER DE CHAUSSURES...
LES RÈGLES D'OR DE LA ZEN ATTITUDE : 1) NE PAS MENTIR
NON, JE N'AI PAS MODIFIÉ MA COIFFURE !
2) NE PAS ESPIONNER
IL FAIT SON DEVOIR DE MATHS...
EH BEN, ON N'EST PAS COUCHÉES !
3) NE PAS SOUPÇONNER
T'ÉTAIS OÙ, ENTRE 9 H 30 ET 10 H ?
BEN, AVEC TOI, EN COURS DE CHIMIE !
JE VEUX DIRE : T'ÉTAIS OÙ DANS TA TÊTE ? J'AI BIEN VU QUE TU PENSAIS À QUELQU'UN D'AUTRE QUE MOI !
4) NE PAS S'ÉNERVER POUR RIEN
C'EST À CAUSE DE TOI QUE JE N'AI EU QUE 15 EN SVT !
OH L'AUTRE !
T'AS MAL FAIT MON DEVOIR !
5) ET SURTOUT RESTER SOI-MÊME !
JE VAIS ÊTRE OBLIGÉ DE VOUS ARRACHER CETTE DENT...
MOI AUSSI, IL FAUT M'ARRACHER UNE DENT !

Bob L'éponge
7. Amuse-Gary !
Les recettes inratables de Jean-Pierre Coffe
Tous en cuisine !
Sourire d'Enfer
Silence, on tourne
Totally Spies!
Le grand Houdini
Shrek le troisième en BD
Scooby-Doo!
La Mystery Machine !
L'Âge de glace 2 en BD
La fonte des neiges
Il était une fois... ... Le cinéma
Maestro
Joséphine ange gardien
Le secret des Macmillan
Nina Tonnerre
Le Trio de l'Apocalypse
Gothic Girl
Kangoo Juniors
Quelle mouche te pique !
Les Simpson
Camping en délire
Les aventures de Fred & Jamy
La croix des Templiers

JUNGLE

AMOUREUSE
AMOUREUSE
TROIS
ALLUMEUSE
ALLUMEUSE
HOROSCOPE
DÉSIR
FIDELITÉ
PUDEUR
SORTIR
ZEN
PASSION
FRENCH KISS
GARÇON
AMOUR
CHAGRIN D'AMOUR
CHAGRIN D'AMOUR
CADEAUX
AIMER À DISTANCE